美好年华

唯灵 著

群言出版社
QUNYAN PRESS
·北京·

图书在版编目（CIP）数据

美好年华／唯灵著. －－北京：群言出版社，
2021.7
ISBN 978－7－5193－0656－4

Ⅰ.①美… Ⅱ.①唯… Ⅲ.①诗集－中国－当代
Ⅳ.①I227

中国版本图书馆CIP数据核字（2021）第113967号

责任编辑：孙平平　朱冠锌
封面设计：墨知缘

出版发行：群言出版社
地　　址：北京市东城区东厂胡同北巷1号（100006）
网　　址：www.qypublish.com（官网书城）
电子信箱：qunyancbs@126.com
联系电话：010－65267783　65263836
经　　销：全国新华书店

印　　刷：北京荣泰印刷有限公司
版　　次：2021年7月第1版　2021年7月第1次印刷
开　　本：880mm×1230mm　1/32
印　　张：5.625
字　　数：130千字
书　　号：ISBN 978－7－5193－0656－4
定　　价：38.00元

前言

这部诗集收录了我从 20 世纪 90 年代末至今的部分诗歌。而 2003 年至 2014 年这 12 年，因忙于公事和家庭琐事等原因基本停笔，所以几乎没留下诗歌的痕迹，这是一个很大的遗憾，因为缺失了关于这段人生经历的记录。

此诗集虽小，却充满了真诚执着和欢喜温柔，以及真善美和假丑恶的碰撞，还有那绕不过的爱恨与哀愁。

我如今从青春年华步入到中年世界，从年少不经事逐渐走向成熟。我深深知道，天边的云彩很美丽，爱永在我心中；也坚信，无论世界如何变，只要我们充满真诚和执着，登高望远、抬头挺胸、勇往直前，那美好的人生便会紧握在我们的手中，那样人生无时不是美好年华！人生无处不是美好生活！

在此衷心地祝福各位读者朋友：健康快乐！心想事成！万事如意！亦愿能喜欢我的拙作，不吝赐教。谢谢大家！

目录

已告诉了你

星星月亮太阳很遥远
一个无数年的梦
七仙女的美丽故事
终究只能成为传说
牛郎织女拥有的那份真情
则是我们企盼了很久的那一潭心泉
逝去的仍会逝去
属于你的依然属于你
我亲爱的朋友啊
当你把很久很久以前的那支响亮的笛重新吹响
当你把很久很久以前的那一面“明镜”置于你的眼前
你是否明白
明白你的出现是一个必然
你是否懂得
懂得一个悠久的梦要靠我们自己来实现
你是否知道
知道生命就在于燃烧
年轻的你
夜幕下的你啊

是否还会悟到

其实你根本用不着去刻意追求什么

已呈现于你的眼前一切

那美丽的夜空

你心中的梦

……

已告诉了你

很明白地告诉了你

路就在你的脚下

你是南国的最纯美

那一年
我们相遇在南国的一座城
你纯真的笑脸
我年少的不经事
错过一道最美丽的风景

我悄悄地离开
把一片忧伤
留在那天边的蔚蓝
一个神奇美丽的夜
你忧伤深情的眼
刹那间
让爱成为永恒

春秋数载 平坦坎坷
你是夜空中那颗最璀璨的星
无数个夜晚
轻轻打在我心坎

都说南国多痴情
你是南国的最纯美
不知你的纯美里
是否 还有当年的深情

一如我纯洁无比的心

也许
是前世的缘分
不然为何
一相遇让我如此的心醉
那笑容如此的熟悉

也许
是我爱的补偿
不然为何
一相遇有我心灵的一颤
那双美丽的大眼睛
一如当年的她

就这样侃侃而谈啊
就这样诉说着我从前的相遇
从前美丽的日子
一如后来这个美丽的日子
从前美丽的她
一如后来美丽的你

春夏秋冬 时光飞逝
当在多年后
这个柔风飘飘的秋日
我重新面对
却感觉依然纯真美丽的你
透着淡淡的忧伤和无奈
一如我纯洁无比的心

心灵的一颤

我知道
人生中的某些事
不可做太多的想象
我知道
在通往未来的路上
只要守住生命中的一份坚持
一切都会迎刃而解
谁对谁错 哪是光明 哪是黑暗
虽然早已一清二楚
但在漫漫人生路上
时间最能证明一切
无数次的激烈碰撞
最令人感动的仍是那心灵的一颤

听　雪

不知不觉
日子随着寒冷的冬和轻轻的脚步
在指间悄悄地滑落
光明和黑暗中
那欢喜和痛苦同在的日子
那令人留恋的美好时刻
就像断了线的风筝
令我万分的惆怅
又如梦初醒
而那尚未来临的皑皑白雪
却使我 仿佛看到了
那美丽洁白的雪花
正缓缓飘来
漫天飞舞中
在南国的温柔和激情里
那么的轻柔 那么的与众不同
打动我久已干涸的心田
落在我日益沉重而坚韧的肩上
我静静地聆听

她好像在诉说着什么
令我如此的着迷
又似乎在向世人宣布
她的心属于所有真诚善良的人们
我细细地感觉
她仿佛来自天的最高处
那片纯净的世界
刹那间
一种无比的欢欣在心间
知道该是出发的时候了

沉　思

醒来依旧是你美丽的身影
窗外鸟儿鸣翠
是你在呼唤我吗
远处的青山仿佛就在眼前
天空是如此的高远
大地是如此的宽广
皆在我的眼里
唯有爱不会忘记
理想 现实
温馨 迷惘
我知道 该过的坎还得过
未来到底如何呢
我抬头仰望天空
陷入了沉思

坚　强

一朵蜡梅
在严寒中依旧傲然挺立
那是坚强
一只蝴蝶
翩翩起舞
重重地撞了一下
然后 勇敢地飞了起来
那亦是坚强
哦 蜡梅
哦 蝴蝶
如此的美丽
让人敬仰

啊 那天边的云彩
那在尘世中的特别和奇异
皆是一道亮丽的风景
一种绝对的感动
在梦里梦外
在拥挤的人群中

我都等着你

如此数年
无数次的梦里梦外
皆在深情地呼唤着你
难道是冥冥之中早有安排
我感觉离你越来越近
是你在轻敲我心灵的那扇门
是那最初的爱
抑或另有一个温柔的她
这个美丽浪漫而温馨的七夕
我的心如一缕轻烟随了去
有点迷惘 有点无奈
百里红尘之中
千里梦乡之外
我都等着你

永远在路上

日出东方
光芒万丈
让我们如此的敬仰
一望无际的星空啊
那么的神秘
高山大海也如此的渺小
我们人类更只是那么一点点
人性的光辉在哪里
不忘初心 方得始终
是亘古不变的真理
谦逊真诚 继续前进
是唯一的路
坚强的意志 高尚的灵魂
是我们永远的追求
啊 美丽中国梦
美好新时代
我们伟大的中华民族
巍然屹立于东方
永远在路上

永在我心中

那是一座美丽的城
那有我最初的梦 最美的纯真
那有美妙的音符 最心底的呼唤
还有那淡淡的哀愁
然而泪水重重打在我的心坎
我只能伤心地离开
爱啊 化作那深深的思念
如一缕轻烟随了去
千回百转啊 是那许多年后的无奈和悲痛
因世间有那难测的胸怀
因前行路上的荆棘和坎坷
徘徊啊 徘徊
坚强啊 坚强
我于风霜雪雨中
仰望星空 默默前行
美丽的梦啊 永在我的心中

但　愿

也许 你我今生已无缘再相拥
你出乎我的意料
是如此的捉摸不定
是在期待什么
还是昨日深情你已不再留恋
我是如此的心痛 又是如此的无奈
面对人来车往
面对一张张熟悉的脸孔
面对着既近又远的那束美丽的鲜花
在夏日柔柔的风中
我于无语中陷入了沉思
难道 难道你我今生真的无缘再相拥
但愿只是担忧 我的多想
啊 思念啊 思念

我们的永恒

这是一个扬我国威的日子
这是一个无比欢欣和无比振奋的日子
这一天
天空无比美丽 世界无限宽广
这一天
2015 年 9 月 3 日
全世界都把目光投向北京
那神圣美丽的天安门
那里有我们敬仰的抗日老战士
我们的自豪
我们的正义
我们的脊梁
我们的尊严
我们的伟大
我们的美丽
我们的希望
可歌可泣啊
记忆的深处
永远铭记

真诚的心灵
永远缅怀先烈
不屈的灵魂
这一天啊
因纪念使我们更执着
这一天啊
因纪念使我们未来无限美好
这一天啊
伟大的中国梦变得愈来愈近
这一天啊
我们的永恒

童年是什么

童年是什么
童年就如一轮新月
闪烁在 无限灿烂的星空中
那银白色的光晕
是那天真的期盼
无拘无束 自始至终
贯穿着你的一生
直至永远
而占住 永远灵魂中央的
也依然 只能是
这一轮新月
新月的中心呢
则是童年的最快乐时光

飞　翔

一只燕子
在高高的天空飞翔
张开那理想的翅膀
要飞往心中向往的那个美丽的地方
用那无限的激情
飞翔啊 飞翔
看
这一片透着芳香
百姓万家的炊烟
于清新的田野中升起
那里呢
尽管有些迷惘
却于春风中
浮现出一张张笑脸
人们在用惊异的眼光看它
可它却忽然觉得
世界显得小了
人们也愈来愈不可捉摸
美好和丑陋
高尚与卑劣
皆在它的足下盘旋

它知道
它必须用最心底的力量
去搏击那所有的风雨闪电

啊 一只燕子
在高高的天空飞翔
用那无比的真诚和无比的执着
飞翔啊
飞往它最理想的地方
阵阵芳香是它深深的渴望
善意的理解它定会露出灿烂的微笑
啊 飞翔
飞到最美丽的地方
啊 飞翔
又怎能惧怕那风雨闪电
再看吧
前面是一条阳光大道
前面的天空是多么的宽广
晶莹的泪珠啊
已在它纯真的眼中
动人的微笑
终于面对着了理解它的人们
啊 飞翔 飞翔
它的梦想岂止这小小的天地
它需要一片透着芳香的真正属于它的乐园
啊 飞翔 飞翔

印　痕

柔柔的风
缓缓吹来
夏日天空下
是人群中一个美丽的形象
然而在这个金钱至上的时代
我不愿做太多的想象
更不想停止我前行的脚步
因为我知道
每个人都有自己的星空
是你的终究会来
在一片属于自己的领地里
尽情地挥洒
让一切烦恼随云烟飘散
在曾经无数次的拥挤的人群中
在曾经无数次的寂静的角落
在曾经无数次的梦里梦外
始终有一个声音在告诉我
在理想的国度
在现实的残酷中

在不可知的未来
命运的门得靠自己开启
这样啊 就不会有丝毫的遗憾
这样啊 最美丽的灿烂笑容
就一定会到来
因为在生命的长河中
有你意义深远的印痕

一如既往

那棵法国梧桐
矗立在那里已经很久了
从童年的嬉戏
到如今步入中年
它就那样静静地矗立在那里
任凭风吹雨打
无论白天黑夜
皆如此的威武挺拔
即使到秋天枯叶飘满地啊
也依然有微笑在心中
它知道只要希望在
来年又定是满身的绿
它就那样地矗立在那里啊
在人来车往的路旁
在无数或微笑或冷漠的目光中
在我每日的视线里
而面对那不可知的未来
它更深深地知道
无论还要经历多大的风雨
亦无论世界怎样变
它必须一如既往的坚强

岁月是什么

岁月是什么
岁月是一本精彩的书
光明和黑暗的并行
平坦与坎坷的路
酸苦甘甜在心中

岁月是什么
岁月是无数个日夜的呼唤和低吟
真善美和假丑恶之间的一场戏
古老而年轻的爱情在其中
梦里梦外皆有我们的渴望

岁月是什么
岁月是生生世世的不可回避
上帝安排的一个节目
理想和现实的徘徊与和谐
我们的梦想啊
是那么的遥远又是那么的近

岁月是什么
岁月是一首欢乐而忧伤的歌

从青春年少到白发苍苍
当我们回首往事啊
便禁不住的热泪盈眶

心中的渴望

静坐于屋中
现代化的空调开着
全身是格外的舒适
窗外的马路上却是另一番景象
炎炎烈日中
是或快或慢的行走的人们
汗水已湿透了一些人的衣衫
为了生活啊
为了人生中必走的一段路
欢喜和忧愁在他们的脸上
其实这才是真实的生活
其实我们绝不能因所谓的“安逸”
而畏惧人生路上的风雨坎坷
其实更不能
因利益而苟且偷安
坚强的意志
美丽的心灵
心中的渴望

突　然

突然失去了
一个停靠的港湾
其实是离去了一颗心

是谁在一个个雨打风吹的白天和黑夜
给了我无声的鼓动
在幸福中
在痛苦里
你以为我看不到你
那双纯真忧伤的眼睛吗
即使在这个小雨飘飘的秋夜

别　哭

一浪又一浪
喧哗和宁静之间
泪水重重地打在我的心坎
啊 别哭 别哭
虽然生活欺骗了你
前面不知还有多少坎坷的路
啊 别哭 别哭
那些为了金钱而不顾别人幸福的劣者
那些为了达到个人目的而不择手段的小人
啊 别哭 别哭
一个酸楚的梦
一颗醒着的灵魂
啊 别哭 别哭
一切方才重新开始
走过去便是一片艳阳天
啊 别哭
你这颗伤感而孤独的心灵

来　吧

孤独的背影
一颗冷冷的太阳
如果留给你的是
一个金色的秋天
一片美丽的枫叶
在你温柔的怀中
月亮啊
那古老而年轻的月亮
在你心的中央
掀起涟漪一串
其实是在一个神奇的梦中
有着一双晶莹剔透的眸子
我在哪里啊
我在昨日与今日那布满荆棘的路上
无奈啊
深深的惆怅
透着无比的激动和幸福
一片深情
一丝柔柔的微风

从一个不知名的地方
于那个憧憬的时刻
缓缓飘来
说什么山盟海誓 海枯石烂啊
说什么天涯海角 永不离开你
走过来的是那挡不住的青春
血液里依旧透着纯真的爱
来吧 来吧
雨打风吹 斗转星移
我只知道
你是我永远的跳动

该是起来的时候了

这一夜
传自马路上的几声车辆鸣笛声
和一声莫名地呼唤
惊醒了我沉睡的梦
我感觉已是新年第一天的凌晨
渴盼什么
又为什么而忧愁
之后不久
不远处的谁家的婴儿一声啼哭
传向夜空和那惆怅中
一片纯真 就那样地
在心底轻轻摇曳
啊 如此不同的一夜
一脚踏在旧年 一脚跨入新年
我知道
该是起来的时候了

在理解中前进吧

一缕阳光
照在这条走了无数次的路上
人们似乎
依旧踩着同样的节奏
我就那样地前进在人群中啊
人群给我前进的力量
一张张昨日的老脸孔
两旁的树枝在微风中轻轻地摆动
别用那样的眼光看我好吗
即使那样能使我得到一轮金灿灿的太阳
即使那样你们会格外的欢喜
啊 新世纪的一切在向无限处延伸
或近或远的精彩中
其实一样藏着许多的无奈
在理解中前进吧
或熟悉或陌生的我亲爱的同胞
无论多少的风雨和坎坷
在这美丽的土地上
就那样地前进吧
用我们龙的精神

还得走下去

风好柔好轻
虽然没了那轮明月
但我却仍然
感觉到了光明
光明是什么
光明是心灵的希望
黑暗是什么
未必每个人都瞧得见
在光明和黑暗中
我们走了很多很多年
还得走下去

岿然不动

风
刮得真大
那树被吹得
摇摇晃晃
树叶纷纷坠落
欣喜的是
那燕窝在树杈之间
依然
岿然不动
一心等着那
北飞的燕

进入那扇门吧

一扇门静静地敞开
时而有暖意
在身边围绕
时而有寒风
从身边划过
我不知
那到底是天堂
还是地狱
忽然一个声音
从什么地方传来
我却听不清楚
只知那酸甜苦辣的滋味
在心中缓缓升起
有没有醉人的芳香
有没有潮水般的掌声
进入那扇门吧
那扇门其实在尘世中

明　天

夕阳下一缕余晖
前进中一对痛苦的脚印
挥不去是那不改的情义
掉下的是两颗晶莹的泪珠
哎 天地如此的宽广
世界却那么的窄小
我用双手托起明天

尘世爱情

以情为衣
以爱做心
情为何物
情是一条不归路
爱是什么
爱能“天长地久”

情天茫茫
爱海无涯
可怜尘世
道是有情亦无情
可喜尘世
还有爱在心中

你还遗憾什么

把那爱
冰封在心坎
再也没有了牵挂
你的眼角还淌着泪吗
花开的季节
还有那么多的忧伤
就此猛刹住那扇记忆的门
让那美好瞬间只属于梦里
青春不再回啊
青春不再回

可是
那声天籁的巨响
又忽然在某处响起
那扇生命的门
又重新面对
无怨无悔啊
无怨无悔
如果永不停留的是灵魂
你还遗憾什么

寻 找

世界像一个空酒瓶子
飘在空中
于城市的边缘寻找理想
一枚枯叶在沉重的地上叹息
钞票在喧哗之中
面无表情地瞧着
夜幕初落与清晨刚醒时
是何等鲜明的对比
连爱的权力都没有了
一轮明月在高高的天上
朦胧中 我看见
有人在寻找
最光明的亮点

再一次靠近

走了这么长的路
却还是找不到
一颗真正理解的心
“曾经沧海难为水”啊
无数个春夏秋冬
也依然只有你
即使斗转星移
尘世皆在虚境中啊
即使海枯石烂
喝了那忘情水
啊 执着啊 执着
一声心灵的震撼
这不
在这二十一世纪的第一个夏季
在我日夜憧憬的老地方
你不又伴着柔柔的风
用那世人无法听懂的耳语
和那无数光年聚成的最真挚的情义
向我再一次靠近了吗

这个秋日的黄昏

残阳如血
一条弯弯曲曲的路
远处几个
脸朝黄土背朝天的影
一声尖锐的婴儿啼哭声
划过天际
一扇农家的门半敞开着
一位少妇
独对着一个世界
愁啊 愁啊
这个秋日的黄昏

为何不肯

没有温柔的目光
也没有灿烂的笑容
就如一粒石子
重重地击在我心灵的一角
啊 离去吧
就此消失在人群中
且从此隔着天涯路漫漫
如果痛苦是心甘情愿
如果荆棘是不可避免
那么 姑娘
你为何不肯
像那个美好的秋夜那样
靠近我的胸怀
而只有晶莹的泪水
伴着这个寒冷的冬日
在我无限惆怅的心中

忧伤的美丽

一轮明月
一颗心
一条路径
指向远方

一盏灯光
一颗灵魂
一点光明
朝向未来

啊
如此寂寞而繁华的夜
寂寞繁华而忧伤的美丽

我知道

我知道
你是我壮志凌云的力量
我知道
你永远不会离去
只要生命的种子在
燃烧啊
让胸膛挺起来
在平坦和荆棘的路上
皆一样的笑容
坚韧的心啊
我多么地希望
像一只展翅飞翔的雄鹰
为了那美好的理想
用那对坚硬的翅膀
去击穿一切的丑恶
让那光明亮起来
那崇高在心中
多好啊
一切正义的化身

一种灵魂的力量
若不是你
还能是谁

艺　术

艺术的巅峰
到底有多高
你看它多么的神奇和自豪
照耀着亿万颗星
没有了国界
皆在一个互相理解的世界中啊
酸苦甘甜
在同一个脉搏里跳动

啊 它在城市的精彩无奈中穿行
它在乡村的田野中那么的惬意
它的目光透过山川平原 那茫茫的草原了
它在大海 江河 湖泊 小溪那清清的泉水中了
它又在日月星辰上了
啊 整个宇宙皆在它亲切而威严的目光中
它无处不在啊
它无时不存

知道“艺无止境”这四字的真义吗

想一想就知道它多么的了不起
知道什么叫伟大吗
它便是
知道什么叫永恒吗
即使某一天
整个宇宙皆灰飞烟灭了
它也一定以自己的方式
那样地存在着
那样地存在着

热泪盈眶

蓝蓝的天空
蓦然回首
是一道美丽的风景
没有金钱的桎梏哟
你晶莹剔透的眸子
在激情中燃烧
静如止水
也是一种美丽
啊 岁月的流光
岂能动摇两颗已紧紧融合的心
数亿年的光华
难道不是为了这一刻吗
在永恒的意义中
你我又怎会不热泪盈眶

心中的女郎

尽管此刻
我不能一睹你美丽的容颜
但我会用
人世间最温柔的声音呼唤你
会在每一个宁静的夜晚
静静地聆听你心跳的声音
啊 美丽的女郎
在人来人往或无垠的旷野
我知道你在哪一端
无论春暖花开
还是风霜雪雨
我都会紧紧依偎在你的身旁
啊 那无数次千回百转的梦中
那无数次心灵的火花
难道不是你吗
前世五百次的回眸
才会换来今生的相遇
我愿用十万次的回眸
换来今生与你的相拥
啊 心中的女郎

爱——天长地久

如若你不是
随着夜色消失的
那天空中最后一朵美丽的云彩
如若你不是
梦中那头美丽的香獐
我这温柔万千 惆怅万分的
那个梦中的猎手啊
又如何能 又如何肯
在千万年后与你重逢
又如若不是在重复昨日的故事
演绎一首绝妙的乐曲
你又如何能够
在那个黄昏暗淡的灯光下
放射出格外耀眼的光芒
给我心灵的一颤
啊 爱人
所有的坎坷
还不是为了这激动人心的一刻
所有的岁月

我将以整个生命
拥抱一个璀璨的梦
爱——天长地久

青藏高原

忽然
所有的音乐都停止了跳动
只剩下《青藏高原》
“是谁传来远古的呼唤
是谁留下千年的企盼”
听 多么的高亢激昂
穿越茫茫宇宙和那一切的不可能
才得以在此刻
让我心灵的猛烈震颤
啊 永远古老而年轻的青藏高原
你身上焕发出的是永远迷人的风采
你每一个深深的脚印
足以震撼天宇
你威武庄严的雄姿
是我们永远的不可企及
你每一个或深或浅的呼吸
和每一个或快或慢的心跳
即使我们穷尽一生的力量和智慧
也不能窥探其万一

啊 呀拉索
青藏高原
岁月的风霜
怎能摧毁你的意志
你高过白云
你与日月同辉
亿亿万万年
你都在人们的心中

湖与太阳的对话

湖对太阳说：
如果你一直柔柔地照耀着我
且一直投在我的波心
我该有多么的高兴
虽然我知道
那不可能
但我的渴望
却是那么的强烈
即使当傍晚
你离去的时候
美丽的星星和月亮
在浩瀚夜空中
含情脉脉地凝视着我
宁静而温馨
一片诗情画意
可我还是渴望
那样地仰视着你
因你的光辉
无人比拟
一种巨大的能量
足以震撼整个宇宙

即使有朝一日
我痛苦得没有一滴眼泪
无奈而悲伤地将我的整个世界
裸露在你面前
可对我来说 却能使我
在很多年很多年后
重新以原来的模样
依然和从前那样
深情地仰望着你
即使永远是干涸的模样
改变了昔日的容颜
甚至连当初的一点痕迹都未曾有
也绝对是在
进入一种无限意义的生命演变中
我的世界也依然属于你

太阳对湖说:
你说
我的目光
触及了整个世界
一种巨大的潜能在我心中
可我却认为
那只是我的职责
那其实是微不足道
且还要对大家
造成的伤痛道声深深的抱歉

尽力改正我的“不是”
免去大家的“毒日”之苦
另外 还要对你倾诉几句
心底的话儿：
你是我心中永远温馨的一角
能够让你
永远以美丽的神情
深情地凝视着我
是我最大的渴望
我更渴望
能够永远看到
你今昔亮丽的容颜
且永远以这样的姿态
又哪怕有藐视你之嫌
我深深地知道
与大家共存
那才能使我的生命变得格外的有意义
孤立地立在那里
只能成为众矢之的
即使真的有朝一日
能够成为宇宙第一
那也毫无意义可言
而你——晶莹纯洁的你
却比我崇高美丽的多
难道不是吗

那多么的好

依旧是
那些人 那些事 那些或熟悉或陌生的景物
依旧是
昨日 今日 那可知不可知的明日
太阳升起在那无限憧憬的黎明
明月仍在许许多多个夜晚的梦中
大海 江河 湖畔 小溪……
就那样地存在着
变了吗
应该有变的道理
不变吗
连道理都没有
世间的酸苦甘甜
天地万物的一切运转
皆应在自然中
啊 那多么的好
千万年 亿万年
让我们活在永恒世界中
以我们的智慧和执着

那座山

那座山
是否是亿万年前就矗立在那里了
青翠的醉人
一种绝对的自然
“克隆”一下
看能否复制个一模一样
太阳的照射
月亮的照射
是否也经得住风雨的考验
原始的美
现代的美
彼此之间
到底在寻求着
一种怎样的真实

不变的是昨日的那份深情

车子飞驰
群山和树木飞速地后退
心底的一声喊 悄悄地我来了
一别三年的一座城啊
或惊喜或平静之间
阳光下的那些陌生的脸孔
一种怎样的心情
左边是亲情 右边是真理
我不想说太多的话
只想作短暂的停留
挥挥手 再仰望
那片高远的蓝天
悄悄的我走了 如此的匆忙
变了吗
变的是喧哗人群中的一些印象
不变吗
不变的是昨日的那份深情

明天在远方

雨哗啦啦地下了整整一天
依旧不停
依旧骑着那辆车
行驶在熟悉的路上
风雨中啊
已是一身的湿
也依旧有佳人在那里
笑意盈盈 频频招手
醒来 你到底在哪里
哎 人生哪能都如意
各有各的命运
就看你如何把握
看你是否有一颗真诚执着的心
明天如何
明天在远方
天上的星星啊
永远照耀着前行的路
我们的梦想
没有终点

我看到了未来

一瞧你那眼神
心里就禁不住地惊喜
这么些年来
从昨日到今日
一次次地想靠近
又一次次地徘徊
然而 时光飞逝 岁月无情
人生那么多的无奈
我只有在一旁静静地等待
深情的凝视
是岁月易老吗
是青春不再吗
然而 那真诚滚烫的心灵依旧在
刹那间 我看到了未来

请珍惜

有一种爱
今生不能再拥有
只能让一缕芳香
存于灵魂的深处
有一种情
不能朝夕相处
只能让美好瞬间
藏在记忆的脑海
有一种关怀
不能靠得太近
只能把温柔的情怀
默记在心
那每一个令人感动的日子
那每一个美好的时刻
请珍惜 请铭记
青春的门 爱情的美好 幸福的生活
其实就在我们的手中
看你是否有真诚智慧的心灵
看你是否有锲而不舍的精神

达到一种境界了吗

难道真的在千里外的梦乡中
那样满怀着憧憬
难道真的在那座都市里
那样静静地感觉着
其实在繁华中
不一定是一颗躁动的灵魂
在寂静的夜空下
也不一定能够保持一份心中的宁静
哎 不知逝去了多少青春美好的时光啊
达到一种境界了吗
一双晶莹剔透的眸子
从那一年到这一年
屏弃一切“虚伪”
避开一切世俗的冷光
那该多么的好
若真的在某个时刻
碰出了激动的火花
我想 彼此一定
皆在滚滚热泪中

别以为

一缕阳光斜照在
一个孤独的角落
一曲激越的音乐
从昨日的老地方飘来
你以为我真的不痛苦吗
作诗千首
狂欢百日
明月还是明月
大海仍是大海
在那夜的梦中
你也哭了吗
别以为
我感觉不到你心中的悲

人之心灵

地球很大
可相对于整个星空
却那么的渺小
地球很小
相对于我们人类
却是如此的宽广高大
好像我们人类
相比于那微小的细胞
如此的奇妙 如此的不可思议
那充满了
无比神奇的 浩瀚美丽的
星空啊
是如此的奥妙无穷 令人神往
可最神秘
最美最丑 最深不可测的
却不是它
而是人之心灵

最忘不了

于空茫茫中
摘取一片夕阳
于金灿灿里
寻找一片生命的绿叶
不管世界依然精彩
还是依然无奈
亿万年的演变
千万年的尘世
一份自然中的追求
那生命中最纯真的部分
又如何舍弃得了啊
名誉金钱爱情紧紧围绕
多少的梦啊
随云烟飘散了
最忘不了的是
那刻在心底的意义往事

其　实

波浪上一枚美丽的小叶
人群中一个矫健的步伐
淤泥中一枚沉默的藕
日光下一缕醉人的花香
传入耳里的是那么的亲切
看到 感觉到的分明是合理的存在
看似很远
其实又近
似乎很难
其实也易

感谢生活吧

感谢生活吧
感谢那酸甜苦辣中的一份惬意
在或平坦或坎坷的路上的我们的真诚
那美好而浪漫的爱情与我们青春的跳动永相随
感谢生活吧
不要因为它的艰辛和不如意而离弃
不要因为成功的喜悦而放慢前行的脚步
感谢生活吧
尽管精彩的世界有着太多的无奈
但请相信走过去便是无限美丽的风光
感谢生活吧
尽管天空如此高远
可不要忘了幸福的彼岸就在不远处向我们招手
感谢生活吧
路在我们的脚下
美好在我们的心中

白云飘飘

白云飘飘
多少的遐想
红尘滚滚
我们的真诚和执着

欢喜和哀愁

人来车往
那些或熟悉或陌生的脸孔
昨天 今天
多少的欢喜和哀愁

昨天今天明天

昨天
那双晶莹剔透的眼睛
今天
多少的渴望和无奈
明天
不变的是永恒的意义

早　就

红尘中
那些忽明忽暗的眼神和脸孔
一些感觉中的欢喜和哀愁
其实 早就不应问为什么
千万年前 千万年后
从天上到人间

真诚执着

一

树叶纷纷飘落的日子里
我的那颗善于捕捉瞬息灵感的心
依旧是初衷不改
夕阳西沉的时候
我那双透着无比真诚的眼睛
也依然在凝视着东方

听说上天意欲造就谁或惩罚谁
都不让他（她）以自己的意志为转移
所不同的是
一个是无上的光荣
一个是痛苦万分
甚至连痛苦的感觉都没有
只不过有时还有
睁一只眼 闭一只眼的“功能”

那么 我到底属于哪一种呢
我的上天 你的心应该还不太坚硬

还可以回答我吧
你应该还记得当年
站在那棵高大挺拔的梧桐树下的那位少年吧
——
寒风在吹着他的脸颊
远处有人在向他招手
心一会儿寒 一会儿热
树叶几乎遮住了他的整个身子
立在
一半是阳光 一半是黑暗
的他在原地不停地划着圈
眼望着前方 眼望着前方
无可奈何 无可奈何
心依然不死
是的 依然不死

二

在大海那边望着他的是谁啊
是的 那边
正好是大海啊
——
汹涌的大海 不是吗
你们要知道啊
那有他一生的希望

有他永远的爱啊
“是灾难吗？”
“然而灾难又算得了什么！”
他反复地在嘴里这样自语着
是的 他没有畏惧 丝毫没有
心依然是
真诚无限 真诚无限
充满执着 充满执着

三

冰冷的雪花打在你脸颊的时候
我却有喜了
你知道这是为什么吗
野菊花开满山的时候
我的双脚终于可以再一次向前迈进了
而你却一脸的冰霜
你又知道这是为什么吗
其实你用不着这样
并没有谁跟你过不去
我们都得活下去是不
前方的路在等着我们是不
该来的会来 该去的会去是不
雨打风吹啊
雨打风吹的我却活得更坚强

柔风飘飘啊
柔风飘飘中的你却很痛苦
你知道这是为什么吗
其实你用不着这样悠哉享受
也用不着眼睛一眨不眨地望着我
我可没有你想象的那样美好
身上也没有金元宝
你也更用不着说咱们
中国人本来就是这样
——一代寄托一代
你
不要泄气 不要泄气
继续前进 继续前进

四

一次次地在心里说要改变自己
又一次次地放弃
我的执着在哪里
这就是执着吗
一次次地奔向远方
又一次次地中途折回
我的真诚在哪里
犹豫过就不是真汉子吗
你的笑脸还在吧

可我的手却由坚韧变成了柔软
又由柔软变成了坚韧
直到现在的“坚强不够”
不够坚强 不够坚强

有大家撑着还用得着我吗
我的力量在哪里
我的灵魂在哪里
我的希望在哪里
我的梦还要不要继续啊
大海不再是从前的大海
大海那边再无足迹可寻了吗
足迹里刻着的可是我梦中的誓言
——我对世界和宇宙的宣言以及对未来的整个计划
那开头的第一句话
便是我们大家都必须要遵循的四个字
真诚执着

不　变

面对人来车往
再抬头仰望那片高远的蓝天
在这个夏日的清晨
当太阳依旧高悬
我不知该如何形容此刻的心情
当令人痛恨的丑者颠倒了黑白
当龌龊的小人乘人之危
当谣言和诽谤如狂风般袭来
当亲朋因利益而背叛
当最初的爱和“爱的补偿”
因苦难不能在一起
我只有无奈地离开
在我憧憬的世界里
尽情地飞翔
那里定是一片光明
而无论多少年
不变的是那永远的真诚和永恒的爱

据说那里已成了一片荒原

据说那里已成了一片荒原
也据说从那一天起
天空中不见了雨滴
人们喝着那浑浊的水
姑且度日
人们的肠子已开始发霉
那一颗颗沉重的心
也开始萎缩
而头顶上的那轮红日
则消失在一个寒风猛吹的日子
夜晚不见了星星和月亮
所有的生物包括人类
已习惯了
在黑夜里各自揣着心思说着那动听的话
且脚步愈来愈快
人们的头脑已变得日益麻木
那一双双时时闪着金钱影子的眼睛
却时闭时开
他们到底将归于何处
他们不愿去想

光明是什么
他们更不去渴望
成功与失败已失去了原有的意义
真爱离他们也是愈来愈遥远
而唯独令人欣喜的是
他们的鼻子
尚能从那散发着腐臭味的空气里
闻到一丝仅有的花香

真诚地希望

汇集所有的美丽
驱逐所有的丑陋
让无奈成为精彩
精彩更加精彩

让每颗心都相通
滴滴泪珠都能汇成欢乐的泉水
让每个人都懂得爱
世界成为爱的海洋

让天空永远明朗
我们永远立于阳光中
成功和失败都有意义
理想与现实永远统一

让每个人都进入一种境界
人人都能到达幸福彼岸
让宇宙的每一个点都成为真实
灵魂的每一个部分都是美好
让宇宙 世界 人永远统一
永远美丽的是永远美丽的我们

而　是

黑暗里
可以看到光明
光明中
也藏着黑暗
不是
上帝不给你福
而是
你不愿去寻找

洞庭湖

那阳光照着洞庭湖
碧波荡漾
那音乐响在耳旁
围绕着洞庭湖
走不出的洞庭湖哟
遥望着洞庭湖
洞庭湖在我深邃的目光中
抬头是洞庭湖哟
低头是洞庭湖
洞庭湖与一个遥远的梦同跳动
啊 八百里洞庭湖
你永远宽广的胸怀
啊 鱼米之乡洞庭湖
你温柔激情的情怀

月　亮

云雾缠绕
树影婆娑中便是你
繁华如梦
灯光闪烁
灯光闪烁中也有你
你
这古老而年轻的月亮啊
刻在每个人的心里

你是美好的化身
夜空中因有你
而变得更加灿烂
人们眼里因有你
而美长驻心间
高尚的人眼里有你
卑劣的人眼里也有你
你伴着人的希望
伴着人的思念
使人充满无限憧憬
又使人惆怅万分

万万亿亿年
天空中不能没有你
亿亿万万年
人们离不开你

“床前明月光”
多美啊
“千里共婵娟”
又是多么真挚的渴望
嫦娥的故事
又牵着多少人的心
多少年也只有你
你是人们心中的寄托
你净化着人们的灵魂
你陶冶着人们的性情
你常入人们的梦
再过多少年
人们眼里
也依然还有你

那样微笑地看着我

没有星月的光辉
如此寂静的一个夜晚
柔柔的风中
蓦然回首
你美丽的倩影依旧在
又忽然 感觉
跌入了万丈深渊
如此的不堪一击
如此的不堪回首
有一些爱啊
只能深埋在心底
有一些痛苦
只能随云眼飘散
现实的精彩和无奈
人生路上的徘徊又徘徊
你依旧在那里
有如一枝傲然挺立的蜡梅
那样微笑地看着我

爱

宇宙之中
世界之内
前世今生的路
多少的憧憬
我们不停地攀登
日日夜夜 日日夜夜
多少的风雨坎坷
多少的欢喜哀愁
不变的是那心灵深处的爱

向中国女排致敬

那飒爽英姿
那顽强拼搏
发球传球垫球扣球拦网……
左右开弓 声东击西
汗水流出来呀
跌倒了又爬起来
披荆斩棘 不畏艰难
一颗颗赤诚的心
为了祖国的荣誉
过五关斩六将
铸就了多少辉煌
创造了多少奇迹
这不 2019 女排世界杯
又是捷报传来 成功卫冕
了不起啊 中国女排
掌声阵阵 鲜花灿烂 热泪盈眶
五星红旗迎风飘扬
在新中国成立 70 周年之际
作为一个中国人

我们感到无比的骄傲和自豪
哦 女排精神是一种传奇

女排精神永放光芒
向中国女排学习
向中国女排致敬

感　动

穿过悠长狭小的空间
看不到黑暗的边
不理解啊
连爱的权力都没有了
光明在哪里

行进在人群中
忽然有一个微笑
一个美丽的身影
感觉有一点光亮
透了过来
尽管有寒冷的风
扑面而来 有点冷
但瞬间有一种感动
暖遍全身
那是我的爱吗
我苦找了好久

爱　啊

你来了
我却未想好
我想你了
却不见了你的踪影
有缘 还是无缘
我真的不清楚

太阳依旧
从东方冉冉升起
星星依旧
像从前那样
照耀着前行的路
无数次梦中和醒来时的呼唤
你到底朝向哪个方向
我又该归于何处
我都不知道
爱啊

那双美丽忧伤的眼睛

柔风飘飘
柔风飘飘啊
此刻却猛撞我心灵的那扇门
啊 为什么明明相爱却不能够在一起
为什么在那个雨打风吹的夜晚
你要别过头去
为什么在相遇的那一刻
你又笑意盈盈
诉说着你心中的爱
让我欢喜让我愁
难道是你心中的惆怅
难道有那难言的苦
我不知道呀
这是不是爱
如此的迷茫
如此的心醉
哦 秋天啊
我心爱的姑娘
哦 清晨啊
那双美丽忧伤的眼睛

继续前进

也许
你我今生真的再无缘
如此的心酸
如此的残忍
如此的无奈
是彼此不够坦荡
爱得不够深吗
你是在等一轮皎洁的明月
还是在等一颗崭新的太阳
如此的徘徊
我却如此的惆怅
但彼此也请不要再悲伤
这也许正是命运的安排
你我今生的果
天空如此的晴朗
夏日的清晨如此的美丽
莫愁前路无知己啊
我朝着美好
继续前进

期　待

在昨夜的梦中我遇见你了
那么的温柔
那么的深情
紧紧依偎在我的身旁
与我携手走向远方
我在梦中
很想告诉你
这是我们的宿命
十年修得同船渡
百年修得共枕眠
在精彩无奈红尘中
你我真的是彼此的果吗
我于无助徘徊中默默地祈祷
啊 我多么的期待
那远方的消息
那是你我最热切期望的未来

感　叹

时光荏苒 岁月变迁
在昨日今日的路上
在理想现实中
默默地前行
光明黑暗 欢喜哀愁
那童年的嬉戏
那年少的憧憬
那心中的惆怅
那最心底的欢喜
禁不住的一声感叹
刹那间
于云烟中 于青春里
滚滚涌上心头
最令人难以忘怀的是
那青春的年华
那双美丽深情的眼睛

虽　然

虽然是一个寒冷的冬日
虽然没有渴望的阳光
却仍是一个温暖的世界
梦想在心中 美好在梦里
无论世界怎样变
我知道 我不能随波逐流
我知道 我在
等一个灿烂的春天
等我憧憬的美好
滚滚红尘 自然天地
最憧憬的是浩瀚星空中那颗璀璨的星
最打动我心的是一双美丽深情的眼睛
千万年 亿万年
爱在永恒世界中
亿万年 千万年
我们的真诚永不变

在纯真美好的梦里

外面是喧哗的世界
一个寒冷的冬
那纯净的天空
那美丽的白云
在心中飘啊飘
蓦然回首
那一年 你深情温柔的目光
那一年 你纯真美丽的笑容
那一年 那首美妙动人的歌
那一夜 你轻轻走进我的梦里
点点滴滴 许许多多
真理 美丽 爱情
真诚 渴望 理解
美好的憧憬
在欢喜哀愁的心中
在纯真美好的梦里

祖国的明天更美好

看着微信
祖国日新月异的变化
飘啊飘
随着人们的梦想
多么的美好

现代化的立交桥
是如此的令人着迷
宽敞美丽的城市大街
其实是一道亮丽的风景
丰富多彩的生活
人们的脸上洋溢着幸福的微笑
那城市夜空下的绚丽灯光啊
则让人充满了无限遐想
多少的美丽和精彩

列车在崇山峻岭中穿越
车辆奔驰在群山环抱中
神州系列的成功发射

一个个梦想和奇迹在我们手中实现
伟大的祖国啊
为你骄傲 为你自豪

改革开放富起来 改革开放富起来
寂静的山村也沸腾了
在希望的田野 在欢乐的农家院落
到处是春意盎然 生机勃勃
人们在美好意义中前行

心潮澎湃啊 心潮澎湃
祖国的巨变深深地刻在我心里
这个夏日的上午
当阳光静静地洒在窗前
当人们依旧那么行走在熟悉的大街
孤独的心灵 绽开的花朵
刹那间 我看到了希望
衷心地祝福 祖国的明天更美好

于 是

每个人的经历不同
每个人的梦想不同
每个人的追求不同
每个人的境界不同
每个人的情感不同
每个人的婚姻不同
……
啊 每个人的命运皆不同
在昨日到今日的路上
其实都在我的心里
春夏秋冬 风风雨雨
那无数次梦中的呼唤
我的心上人啊
你是那么的远
又是如此的近
你到底在哪里
我感觉
日日夜夜 日日夜夜
有人在轻叩我心灵的那扇门
那蓝天大海高山

已不再遥远
于是柔柔的风来了
于是欢喜来了

我是那么的爱你

就是那么一种感觉
就在那一个瞬间
那美丽的回眸一笑
那深情的眼睛
你中有我 我中有你
千百年啊 亿万年
不都是这样吗
啊 寻了那么久
原来是一个你呀
梦里梦外 茫茫人海中
我是那么的爱你

不 信

一觉醒来
世界依然是老样子
那些看得见和看不见的尘埃
那些喧哗和寂静的时刻
近啊 远啊
一些或真诚或虚伪的灵魂
离去吧
痛苦 哀愁 诽谤 权利
真理在哪里啊
因利益的背叛
因荣耀的卑鄙
多少年 多少年
不信依然是一颗冷太阳
意义 执着
之后 定会有人
在一片美丽的青草地上微笑

茫茫世界
我们的脚步那么的坚定

那美丽的中国梦一定会实现

——为新中国成立 70 周年而作

我的祖国 70 岁了
我在心里大声地一喊
衷心地祝福
我伟大的祖国 亲爱的母亲
繁荣富强 永远年轻
啊 如诗如画的中国
这 70 年的青春岁月
这 70 年的岁月沧桑
这 70 年的风雨兼程
一路走来啊 作为一个中国人
我感到无比的骄傲和自豪

我伟大的祖国 亲爱的母亲
是你甜美的乳汁哺育了我们
是你心灵的呵护
让我们茁壮成长
你就像那夜空中璀璨的星星
让我们永远充满梦想和希望

你又像那轮永不落的太阳
让我们永远朝气蓬勃 健康向上
啊 那大海 江河 湖泊 小溪
那高山 平原 阳光 雨露
那每一寸土地 每一个空间
那每一声呼吸 每一个心跳
都在你慈祥美丽的心里
您的子民永远与您心连心

曾几何时啊
那深沉的苦难紧紧围绕着你
然而 开天辟地人民当家作主了
然后 改革开放富起来了
又与时俱进 进入新时代了
进入新时代啊
我们登高望远 不忘初心 继续前进
继续前进啊
幸福灿烂的笑容在每个人的脸上

啊 我伟大的祖国 亲爱的母亲
我爱你
爱你博大的胸怀
爱你勤劳善良智慧的人民
爱你这深沉的土地
更爱你不屈的灵魂

啊 我伟大的祖国 亲爱的母亲
我心里铿锵有力的一声喊
再一次衷心地祝福
你的明天更美好
那美丽的中国梦一定会实现

难　道

不要照搬别人的模式
不要灭了心中的理想
一片曙光在不远处升起
难道你要扼杀那伟大的真理吗

禁不住的热泪盈眶

因岁月在头上留下的“白”
虽然很久了
但似乎没有此刻如此的触动心怀
青春年华啊 青春年华
那昨日的深情和伤悲
那昨日的苦难和惆怅
在我沉寂多年的心里
在我憧憬美好的心中
你是夜空中那颗璀璨的星
我是风雨中默默前行的湖
你投在我的波心
让我如此的感怀 乃至
禁不住的热泪盈眶

以　期

梦中
我忍住巨大的悲伤
独自行走在
望不到边际的荆棘丛中
你呢 回头一望
你已走过千山万水
且已立在
那一边的星空上
我想象着
你的真诚和无奈
渴望着
一枚今生的果
或一份来世的缘
一颗太阳在高处
冷冷地燃烧
下面那些浮动的脸孔
在上演着一场
令我生厌的精彩戏
我别无他法 在一旁

冷冷地瞧着 以期
某个时刻的天翻地覆
进入并演好
我今生的一个角色

灿烂的微笑

掉下来的又怎么不是眼泪
分明是一段曲折的路
山好高 水好长
站在闹市的中心
还那么的纯吗
我看还是别戴着面具的好
号角再一次吹响
是要远征吗
把真理留给心灵
把自己交给天空
坚信世界会给我
一个灿烂的微笑

初心不改

一轮暗淡的月
一阵冷冷的风
为何金钱仍旧高昂着头
爱情在它面前变得那么的苍白无力
金钱物质不知摧毁了多少女人的意志
宝马别墅不知俘虏了多少女人的心
也为何仍旧有那丑恶的嘴脸在阴暗的角落狂笑
酒杯中的权利还仍然在
某些卑鄙的小人是何等的威风
伤透了多少善良的心
欣喜的是 真诚执着的心灵依旧在
初心不改啊 初心不改
感觉那温暖的春风从不远处缓缓飘来
沁润着我的心田

我的诗人哟

左一脚 右一脚
踏着滚滚波浪而来
那是你吗
我的诗人

那不惜人生的每滴鲜血
在曲折坎坷中仍然为了一个真理而战
在“朱门酒肉臭，路有冻死骨”里痛苦
在“安得广厦千万间，大庇天下寒士俱欢颜”中
忧愁的那个人
不都是你吗

我的诗人哟
难道一定要献出全部的真诚
历经所有的艰辛
才能造就一个你吗
难道一定要逆流而上
在失意中崛起
才能显出你的与众不同吗

我的诗人哟
为何仍然要在明月中舞着清影
在红尘中“不醒归路”
为何一定要因“生命的光华”而活
因不尽的路而苦难
难道一定要这样才能走入那幸福的彼岸吗

我的诗人
伟大的诗人
不败的勇士哟
我坚信
在二十一世纪的天空
你会更加璀璨美丽

如此的一双眼睛

如此的一双眼睛
是经过了千万年的精心雕琢
日月星的静静流淌
一颗真挚心灵燃烧着的渴望
啊 如此美丽的一双眼睛
啊 如此纯真的一双眼睛
啊 无数次的激动中
啊 一次次的梦里

也　许

你我也许真的隔着遥遥的距离
你我也许真的是千万年前注定的缘分
不然为何如此的神秘
又充满憧憬 充满幻想

你也许真的只是风中的一朵蔷薇
你也许真的只是一朵盛开在我心中的白莲
不然为何如此的不可捉摸
又那么的令我感怀在心

我也许真的只是你夜深人静时心灵深处的痛
我也许真的只是你心中一个美丽的幻影
不然为何还不见你来到我身旁
又时而看到有晶莹的泪水在你眼中闪动

也许你还没来到这个世界上
也许你只是天上的一颗星

泪光盈盈

我知道
一切因果的轮回
都源于最初的一粒种子
秋天的流水
冬日的白雪
告诉我红尘中的一个故事
在那小小的角落
不知要多少的爱恨哀愁
才有这充满坚强的心底震撼
孤独啊
禁不住的一声喊
在原来的那个地方
既然真的理解
为何如此的沉默
也许是命运吧
波光荡漾在月色中
朦胧的梦中无限惆怅
忽然一个声音
从什么地方传来

一声深深的感激在心中
剎那间
已是泪光盈盈

你到底在哪里呢

你是我生命中一个永远跳动的美丽音符
你是我梦中一颗指引我前行的璀璨的星
即使在颠沛流离的路上
也有一团青春的火焰在心中熊熊地燃烧
在分离的日子 于既近又远的地方
没有看见 但我感觉到了
你的美丽深情 你的纯真的眼睛
依旧在
灿烂的星空下 我的心是如此的宁静
你感觉到了吗
你是我生命中的一个奇迹
我又怎能放弃
同在一片蔚蓝的天空下
你到底在哪里呢
我苦苦地寻觅
啊 来吧 来吧
让你我心手相牵
走进明丽的光辉中

因为生命中的一个美丽瞬间 我爱你

你 依然在那里
于美丽的云彩下
于清清的山水间
于拥挤的人群或寂静的角落

你 依然在那里
依然有美丽的诗行和动人的音乐
依然有清清的小溪在心中静静地流淌

你 依然如此的美丽优雅
你 依然以原来的姿势从容地面对
你 依然有深情的眼睛和纯真的笑脸
你 美丽的眼睛在阳光下放射出格外耀眼的光芒

你 因为有你
世界如此的美丽
你 因为有你
天空如此的宽广
你 因为生命中的一个美丽瞬间我爱你

是不是

似乎是一道彩虹
划过无垠的天空
又好像是
唯有梦中才会出现的奇迹
轻声地问自己啊
那是不是昨日故事的延续
不然为何
为何在那个我毫无防备的时刻
会溅湿我心灵的一角
且禁不住地惊讶万分
又为何
在那个春日黄昏暗淡的灯光下
你竟然放射出璀璨的光芒
在我心中久久地燃烧

姐　姐

“姐姐”
就那么一声亲切而热烈的呼唤
一直延续到今天
我知道那绝对来自心底
啊 你这位美丽的白衣天使
啊 你那双晶莹剔透的眼睛
而在近二十年后的这个青春跳动的黄昏
我忽然忆起最初的那些美好的日子
我忽然感觉到对于我们来说
这种际遇今生不再有
啊 这么多年的风风雨雨
啊 那个阳光灿烂的午后

一种美好的感觉

在青青的草地上
听一曲美妙的吉他曲
那富有激情的旋律
在高远的天空下
和心底的世界久久回荡
太阳升起来了
遥远的美丽近了
如果在你火热的心中
在你真诚执着的眸子里
能再一次拾回梦中童贞
那片欢乐的叶子
那多么的好
那片飘逝的红叶
一种美好的感觉啊
那么的透明 那么的纯
就如这个初秋清晨的美妙的旋律

无怨无悔

生命是个谜
宇宙 世界 人
到底将归于何处
我们都不知道
太阳星星月亮
依旧像从前那样
放射出格外耀眼的光芒
让理想现实永远统一吧
我们的梦想
永不终结
继续前进
在光明和黑暗之中
在每一个路口
平坦坎坷
我们如此的从容
不管地老天荒
不管成功失败
美好的意义啊
永在我们心中
无怨无悔

一声喊

在既远又近的地方
我看到了璀璨美丽的光芒
其实那是即将实现之理想
我们心底无限的美好
忽然听见一声喊啊
在喧哗和宁静之间
不知是一头初醒的雄狮
还是一条刚醒的猛龙
穿行于尘世和尘世之外
阳光早已洒满大道
花香也已飘满心间
再一声心灵的喊啊
那是我们
渴盼已久的辉煌灿烂的二十一世纪

停电感想

剎那间
眼前一片黑暗
而黑暗中却未必没有光明
而当光明重新来到
如果所有的眼睛都泡在水里
你还能看清这个世界吗
除非所有的虚荣都化作了土

门　坎

因为金钱
一张张丑恶的嘴脸
方孔里
锁着的可是别人的痛苦
为什么高尚的人那么的少
伟大那么的遥远
是不是善良的上帝还没有醒来
是不是还要过一些时候
真理方可高昂着头
纯粹的一张张虚伪的面孔
再过一百年
那道门坎也休想迈过去

渴望真感情

秋叶在寂静而喧哗中飘动
孤独在明亮而黑暗里延长
忽然在心底呼出一句
渴望真感情
全世界的春天之树难道都沉睡了吗
为何不见了浓浓的成分

绝 对

我无限深情的目光久久地凝视着你
我心中这潭清清的泉水
你激情澎湃的每一个心跳
在我耳边久久回荡
绝对的诗情画意
绝对的在每一声或浅或深的呼吸里
静静地感觉
你晶莹剔透的眸子啊
我温柔无比的双手
在这个夏日的午后
在那个激动的刹那
纯美之至
就如那片绝对纯净的高远的蓝天

世界到底怎么了

天上星星一点点
凡间灯火一片
朦胧中我看不清楚

城市的喧哗让人捉摸不透
乡村的寂静不再有原有的真实
世界到底怎么了

庸　俗

看上去像一朵盛开的牡丹
其实藏着一骨子的肮脏
说什么雍容华贵啊
说什么国色天香
看你啊
一举一动实在是丑陋无比
不然为何在微风中
那么的妖娆
贵族化的表演
太多地跟着感觉走
只能是庸俗啊
无论多少年
如果继续着那样的姿态
我看迟早会被世人唾弃
如若你要问我还有什么话说
那么我只能告诉你：
远离喧哗 回归自然 那才是真实

意志和灵魂

蓝蓝的天
苍茫的地
我的心
起起落落
感觉到
星星 月亮 太阳在逆转
我的手在背叛
人群中那些得意和失意的脸孔在变化
我的眼睛在不停地转

意志的坚定和动摇
灵魂的抗争与毁灭
上下若干年
我们改变着世界
世界改变着我们

阿弥陀佛

那一张张亲切的脸孔
刹那间不见了
只剩下 一只只
苍蝇般的眼睛
在那个地方冷冷地看着我
真理被翻了个底朝天
人们心中向往
已久的那座遥远而美丽的宝塔里
装满了被污染了的空气和变形了的灰尘
世界真的如此的不堪入目
金钱被捧为上帝
“跳梁小丑” 横冲直撞
英雄被淘汰出局
美好只能藏在心的底层
而更令人惊奇的是
高高在上的菩萨
却能依旧保持那种一贯的姿态
静观这个金钱无奈的世界
在心底道一声为什么啊
回响在耳边的却是那声
古老而神秘的“阿弥陀佛”

我的眼泪早已熬干在黑夜中

也许
真的只是一场隔世梦
你的笑脸
就像一束晶莹的玫瑰
在每个夜晚我的梦中
静静地绽放
隔不断的情义啊
飘去了多少年华
一直到另一个千年
也仍然没有结果
不是说过吗
有缘无情是一种痛苦
有情无缘是一种深深的愁
还祈盼什么
我的眼泪
早已熬干在黑夜中

世界皆在欢乐中

广漠的世界
我的人生
当黎明的钟声敲响
那绚丽的朝霞在心中升起
为什么眼里常含着泪水
是因那不改的信念和那永恒的真理
激动万分且豪情壮志
让万丈光芒穿越到永远
那该多么的好
暖暖的阳光来了
美丽的云彩来了
让一切都升起来吧
世界皆在欢乐中

那样就好了

依旧是
那些人那些事那些或熟悉或陌生的景物
依旧是
昨日今日那可知不可知的明日
太阳升起在那无限向往的黎明
明月仍出现在许许多多个夜晚的梦中
水依旧那样地流淌着
大海江河湖泊小溪……
变了吗
应该有变的道理
不变吗
道理都没有
世间的酸苦甘甜
天地万物的一切运转
皆应在自然中
啊 那多么的好
千万年 亿万年
让我们活在永恒世界中
以我们的智慧和执着

依　旧

一个春日 一阵微风
一片不知名的叶子
从一个不知名的地方
缓缓地在空中飘行
我知道它有它的选择
我知道它不一定能到达那企盼的地方
它禁不住地叹息
这世界的风啊……
然而我却坚信
那繁华中的诱惑
改变不了我的方向

那片叶子依旧那样地前行着
我的心在担忧和祝愿中时落时起
啊 我感觉 我知道
即使在冰天雪地 也会有一种
穿越美丽荆棘的快乐在心中
也依旧会祝愿
所有像这片美丽叶子一样
有着美好渴望的众生

很近很近

一朵圣洁的蜡梅
就那样地在山之巅
静静地观望
聆听着这个世界
风雨霜雪和鸟语花香
在离它很近却离喧哗很遥远的绝妙佳境中
那亲切和陌生
许多年了
看吧
一只雄鹰在面对着它的最繁华的都市飞翔
也那么久了
夕阳无限
尘世中许多虚伪的脸孔
知道离他们遥远的那朵蜡梅
还将一如既往地在它的世界中
啊 这朵蜡梅 这只雄鹰
知道依旧难以改变世界的命运
激动和欢喜
忧愁与痛苦

一朵永远圣洁的蜡梅
一只预示风雨的雄鹰

皆知道高尚和渺小
其实 很近很近
就在心灵的一念中

的　确

一望无际的平原那样地看过去
村庄楼舍就那样地展开在眼前
田野风光 无限美丽
行驶在宽广的马路上啊
看到祖国的惊人变化
我知道
那是中国共产党的英明伟大
那是勤劳勇敢的中国人民的智慧结晶
强大的凝聚力啊
我们伟大的中华民族

一缕阳光斜照过来
一张张脸孔在柔柔惬意中
这的确是个阳光灿烂的日子哟
无限惆怅的我
也终于有了高兴的时候了

感　觉

她一腔柔情
融化了他
春秋数载 星光闪烁
他感觉
在一个既远又近的地方
她化作一只彩蝶
飞翔于一个洁净明丽的世界
他随了去

祝　愿

岁月的哀愁 留下的
也许只不过是一个虚幻的影子
一杯水酒也许能够
集聚所有的爱和恨
啊 可怜的你
世上少有的痴情种子
那明天在你眼里
分明已全部开满了晶莹美丽的鲜花
如果有朝一日斗转星移
我想 你的灵魂
也一定与那爱紧紧地融合在一起
啊 面对着世界
面对着天空和大地
就让我用我最心底的祝愿
祝愿天下有情人终成眷属

一步又一步

一滴滴水
在梦中 好像
在清清的泉水中
又一粒粒尘埃
漂浮在梦外的世界
多少往事就那样飘去了
还有那心香一缕在心底
无论崇高 还是渺小
无论欢喜 还是痛苦
我不要秋风中的一片落叶
只要霜雪中的一枚蜡梅
天地茫茫间 我依旧
那样憧憬着我的憧憬
一步又一步

都因你

似乎是在梦中
一枚红叶 从一个
古老而年轻的我不知道的世界
在风雨飘摇之后向我翩翩走来
翩翩走来啊
走入我那扇尚未开启的心窗里面
于是
多少的爱恨欢喜在里面了
无比的真诚和美丽在里面了
哎
不知要多少的阳光雨露
又不知需经历多少的霜雪雷电
才有你如今的模样
令我细细地把你端详
并心底大声地赞美
我激动万分了
我无怨无悔了
我迎风浪前行了
我不在意别人的眼光了

这一切

都因你这枚红叶的出现

在这二十一世纪的第一个秋天

我就不信

爱 温馨
真挚 永恒
在一个小小而大大的世界里
一种必然 一种存在
那座爱河中的金桥
荡起心底的清清的涟漪
许多年 许多年
就那么去了吗
我就不信 你不再回来
因我拥有一颗
无比真诚执着的心

在并不遥远的地方

——给一位儿时因不幸致单眼失明的姑娘

仅因那扇“心灵的窗户”
就褪了一环青春的光华
而从“另一扇窗户”里面
我则看到了
你儿时的那场不幸
给你心灵蒙上的巨大阴影
你的言语思想举止
则又证明你是多么的自卑和痛苦
你 这位二十一岁的善良的姑娘啊
就像小溪中遇到了阻力的清清的水
又像本应含苞欲放的花朵却要经受风雨的袭击
那其实是世俗的“冷光”
几千年的一个模式：
爱美之心人皆有之哦
然而 我要说：
既然是曲折的生命
曲折的生命

定会放射出更耀眼的光芒

——

不是一种表面的虚荣
而是一种真正的崇高
不是富贵的牡丹
而是严冬的蜡梅
一番寒彻骨后
在并不遥远的地方
定会看到那颗璀璨的明珠

颠　倒

一只鸡飞上了树顶
是不是想飞往九天
不再回来
下面熙熙攘攘的人群
那么的渺小
一高一低
是世界颠倒过来了吗

似　乎

似乎是一夜之间
熄了一腔正义之火
地摊上的书
一种裸露的诱惑
风花雪月的事
分明是一种畸变
很长时间里的执着
也许在某些方面
过于单纯地看问题
也许眼前的一切
是我们和世界必过的坎

然而
只要沉着在心
便无论是春花秋月
还是过于激情
都会一样的如那严冬的蜡梅
任那岁月飘散不了

世界到底怎么了

天上星星一点点
凡间灯火一片
朦朦胧胧中我看不清楚

城市的喧哗让人捉摸不透
乡村的寂静不再有原有的真实
世界到底怎么了

世　俗

我的爱戛然而止
一个哭泣的背影
在另一扇窗户的后面
世俗啊 世俗
“没有爱情的婚姻是不道德的”
分明是错过了花开的季节
祈求上天
不要继续那无法忍受的痛苦
给我一枚晶莹的果
世俗啊 世俗
不是在世俗中沉默
就是在世俗中
创造一个美丽的奇迹

仍相信

天边的云彩真美丽
引我无限遐想
天边的那个心上人
是否还站在白云下的老地方
多少的岁月啊 多少的岁月
让我们在岁月中留住那心底的梦
在世界的喧哗中也“依然”
啊
在那个秋天的梦里哟
在那许多次的激动中
即使有朝一日愁白了头发
我也仍相信
你的笑容会和那白云一样
永远的美丽

谢谢你

谢谢你
陪我走过了
这么一段长长的孤寂之路
你远处的每一次心灵鼓动
我都会永远铭刻在心
即使没有“白鸟之死”那样的悲壮
至少也有在冰冷的血液里
流淌着爱的激情
道声再见很难
说声重逢又需何等的坚韧
天堂的路有多远
那里却没有你我的爱
无数个春夏秋冬
我的心血早已耗尽

禁不住

也许你真的只是一朵飘去的玫瑰
千万年风雨后的故事
只是为了证实
一个千万年前的传说
在黑夜中闪闪发光啊
一份心底的喜悦
伴着一份深深的忧愁
离去吧 伊人
相遇在一个世界上已够好的了
灵魂在洗礼之后升上去
望见的是星星
心底流淌着的是一潭美丽的清泉
梦中啊 心底呀
无数次地呼唤一个名字
那依然是你哟
我禁不住地在黑夜中祈祷
以盼一份来世的承诺

一声心灵的铿锵

“真正的爱情是经得住考验的”
我在一座繁华的都市
想念我的心上人
人来车往中
那么多的不经意
和欢喜忧愁在心间
忽然听到一声有力的呼唤
从浩瀚宇宙的一个角落
在既远又近的那个地方
那难道不是你吗
亿万年的风雨沧桑
注定为了
那一刻的璀璨美丽
坦坦荡荡 坦坦荡荡
透明的温柔中
一声心灵的铿锵

好　在

就这样地跌入深渊
风使劲地吹啊
月亮那么的暗淡
是鲜艳的花朵即将枯萎了吗
是世界将进入末日了吗
在一次次独自走着的路上
在许许多多夜晚的梦中
我痛苦啊
那么多的冷漠和不理解
啊 我的世界呢
那身外的世界
是如此令我惊讶
无奈还是精彩
狂风暴雨
铺天盖地向我袭来
好在依旧有那明眸一双
那颗梦中的星星
也依旧放射出格外耀眼的光芒
随我一起
奔向一个宽广美丽的世界
于是意义便有了

选　择

望着那条熟悉的路
望着近处那些既熟悉又陌生的脸
那昨日今日的事
那所有的欢喜和哀愁
点点滴滴 在脑海 在心中
多少的感慨 多少的惆怅
恍然大悟
谦卑自强是我今生的选择
只要梦想在
小鸟依然会在天空中尽情地飞翔
飞往高高的云水间
飞往最理想的高处
风雨霜雪 电闪雷鸣
意料中和意料外的摧毁
都会从容面对
一如既往

不变的仍是那永恒的爱

即使所有的光芒皆退去
只有一双心灵的眼睛
在深情地凝视
春夏秋冬 风风雨雨
如此的感怀在心
昨日今日通往未来的路
也许是前世种下的因
也许是今生所求的果
也不管是你改变了我
还是世界改变了一切
只知道 有一种感动始终在心中
只知道 无论世界如何变
不变的仍是那永恒的爱

定是一片晴朗的天

太如意的生活看似幸福
其实风雨也许就在不远处
世上从来没有永远的安逸
亦没有永远的风顺
若非一番寒彻骨
哪得梅花扑鼻香
那璀璨的星空啊
如此的浩瀚
那幸福的彼岸呀
我们的渴望和追求
登高望远 抬头挺胸
定是一片晴朗的天

就让美好的意义留下

冬日的午后
没有阳光
亦没有柔柔的风
那稀稀落落匆匆行走的人们
在我行走了多年的熟悉的路上
在我惆怅后的平静的心中

那善良温柔的面孔
那笑容里透着的冷漠
昨日 今日
始终有个声音在告诉我要坚强
那随云烟飘散的往事
那欢喜爱恨哀愁
人生的一个转角
仿佛已踏入了姹紫嫣红的春天
渴望之中
就让美好的意义留下

也许我们今生不再相见

你是我最美的音符
你是我美丽的梦
你是我灵魂的依偎
你是我脆弱时的坚强

你
如春天美丽的花朵
如夏天燃烧着的激情
如秋天金灿灿的果实
如冬日暖暖的阳光
如山间清清的小溪
如此的感怀在心
如此的震撼心灵
在寂静的角落
在拥挤的人群
春夏秋冬 风雨坎坷

啊 我亲爱的朋友
请珍惜每一个美好的瞬间

等梦中醒来
或许已是沧海桑田

请珍惜每一天
一旦错过
也许我们今生不再相见
美好只能成为遥远的记忆

前　行

随着轰鸣一声
整个身心便随着列车的跳动而跳动
窗外那山脉 田野 村庄 人
皆静静地后退
就这样由缓而快
直至均匀快速地前行
伴着那动人的歌声
窗外的世界
多么的美丽而宽广
低头闭眼
也能感觉到阳光的明媚
啊 前行 前行
又需在某些地方静静地待些时候
迎来一些新面孔
离去一些老面孔
都是来自五湖四海的中华好兄弟好姐妹啊
喜悦写在一张张憧憬的脸上
于这新年的第三日的上午
在长沙至邵阳的列车上

我们并不遥远

我想你了
我失眠了
漫漫长夜啊
漫漫长夜
窗外的小雨
轻轻地打在心坎
多年前啊 多年后
你美丽纯真的笑脸依旧
哦 亲爱的你
我多么地希望
你依旧有青春年少的激情
我知道 那份纯真和爱
依旧在你心中
我真诚的爱啊
也依旧在
我们并不遥远

那么的温暖

千回百转之后
才猛然明白
原来是你呀
“众里寻他千百度
蓦然回首
那人却在灯火阑珊处” 哦
你其实一直在我梦里
我一直在你心中
说什么山盟海誓
永不分离
说什么天长地久
相爱到永远
请相信
我从未忘记你
啊 来吧 亲爱的
让你我深情相拥
奔向那美好的明天
啊 来吧 亲爱的
你永在我心中
寒风轻吹
我却感到那么的温暖

无论如何

哦 亲爱的
今夜我要聆听你美丽的心跳
感觉你的呼吸而眠
病毒肆虐 如此的残酷
我在南方的一座小城
以这样的方式深深的牵挂着你
愿岁月静好
愿安然无恙
在这没有星月的夜晚
我的心啊 如此的愁苦
好在祖国强大了
好在亿万人民心连心
乌云啊 定会早日散去
风雨过后定是丽日晴空
哦 在并不遥远的地方
我以这样的方式深深的思念着你
又怎能安然入睡
又怎能把你忘怀
病毒无情 无论如何
也阻断不了
我对你深深的爱

爱　你

光阴似箭 岁月无情
哦 心爱的人
当在激情的夏天
当在金黄的秋季
复归形单影只的我
与你相遇
虽言语不多
虽惆怅万分
可从你温柔无奈的眼神里
我却分明看到了我久盼的惊喜
难道分离是你我此生逃不了的劫难和考验
重逢是老天的再一次眷顾
感慨万千啊
沉重的一声叹息
世俗的樊笼
不知能否冲得开
哦 亲爱的
我想不应该是现在
也许真是在那春暖花开的季节

来年我的梦想是否能够实现
来年你我真的能够花好月圆

永远啊
让幸福激动的泪水成为永恒
爱你

所以，请好好珍惜

阳光之后
黄昏之中
感觉有凉凉的风
往这边吹
有一轮暗淡的月
隐没在云层中
从古至今 天地万物
其实皆处在一种较量之中
自始至终 因果循环
正和邪
光明与黑暗
真实与虚伪
无论如何
从来都是公正至上
即使沧海桑田 斗转星移
即使我们已不在尘世中
所以 请好好珍惜
不负年华
所有的所有
红尘世界的每一个人
更有我亲爱的朋友们